AF599892

Cantante muerto

Cantante muerto

MICHAEL MOORCOCK

Traducción de Javier Calvo

Índice

Michael Moorcock en 1975

Hendrix no puede morir

¿Qué pasaría si apareciera hoy en día un escritor como Michael Moorcock? Reformulemos la pregunta: ¿qué pasaría si apareciera hoy en día un escritor *con el aspecto* de Michael Moorcock, los medallones hippies, la melena sucia, las botas de cowboy, el sombrero de ala ancha, los fulares, las camisas psicodélicas, los vaqueros de pitillo y los abrigos bohemios harapientos, tal como caminaba por las calles de Ladbroke Grove a finales de los 60, cuando podía decir, y con razón, que estaba en el centro del mundo? Es una pregunta graciosa, pero no tiene sentido. Otros escritores podrían haber aparecido en cualquier lugar y momento, pero Moorcock solo pudo salir de donde salió. La autoinmolación del espíritu de los 60 en el oeste de Londres liberó una supernova de energía caótica, un vórtice de anarquía, drogas y fantasía enferma. Y muy brevemente, en aquella efímera ciudad-dentro-de-la-ciudad que fue Ladbroke Grove, todo fue posible. Cowboys del espacio, bailarinas con piel de plata y albinos asqueados del mundo con espadas demoníacas.

¿Cómo pueden formar un todo coherente las drogas y el rock and roll con Jesucristo viajando en el tiempo, la fantasía épica nihilista, el Santo Grial, la ciencia ficción sobre el fin de los tiempos y los agentes secretos cubistas armados con pistolas de agujas? Algún listillo podría decir que todo encaja en el Multiverso, ese ingenio asociado con la magia del caos que Moorcock se sacó de la manga en los años 80 para integrar una carrera literaria que ya se acercaba a la cincuentena de libros y que incluía más géneros y registros de lo que el autor seguramente podía recordar. Pero la realidad es que ya estaba todo allí desde el principio, en la cabeza de Moorcock. La misión considerablemente mesiánica que había asumido pasaba por revolucionar la literatura a base de experimentación y escándalo; pero también englobaba las demás artes, y especialmente el rock. De hecho, no había instrumento ni metáfora más poderosa que el rock para lo que estaba intentando hacer Moorcock[1]. No había ruptura más enérgica con el pasado. La literatura debía ser una droga, que alterara la conciencia, nos hiciese ver la realidad de nuevo y combatiera al enemigo nebuloso del conformismo y la conciencia burguesa. (Después de la saga de Elric, por ejemplo, ya nadie volvería a ver *El señor de los anillos* más que como la mierda reaccionaria que era). El arte visual debía ser una droga, hecha de *cutups* y alucinaciones. El rock debía ser una droga (mucho más efectiva, claro, si se combinaba con drogas). Y las drogas, claro, debían ser una droga: la más efectiva de todas.

Entre 1968 y 1974, Ladbroke Grove («el Grove» para los amigos) fue el centro del universo. La escena aparece retratada en varias novelas tardías autobiográficas de Moorcock, como *King of the City* o el pasaje siguiente de *The Whispering Swarm:*

---

1 En una de sus novelas más «malditas», *Time of the Hawklords* (1976), Moorcock lleva a cabo una de las fusiones más extrañas entre literatura y rock: una novela de aventuras cósmicas protagonizada por los miembros de Hawkwind. Su música, sus instrumentos, su público y sus detractores se convierten en elementos de una trama de ciencia ficción.

La zona de Ladbroke Grove se estaba convirtiendo en el futuro. Era donde gravitaban todas las bandas de rock. A nuestro alrededor se llevaban a cabo todas las modalidades de experimentación. Como mis libros habían captado el espíritu de la época, me había convertido en una especie de gurú. Nuestros altibajos con *New Worlds* asumieron el carácter de una lucha contra el poder. Nos mezclábamos con poetas, pintores, cineastas y músicos y nuestras actividades bastaban para hacernos aparecer en las columnas de sociedad.

A nuestro alrededor el ruido de las calles decreció a medida que los hippies se adueñaban de ellas y se convertían en lo que se llamaba la cultura dominante, y empezamos todos a vivir en la tierra de los sueños, disfrazándonos con plumas y encaje, ropa encantadora y cabello hermoso y sombreros y monstruosos zapatones de sábado noche en dos tonos, listos para entrar pisando fuerte en la Era de Acuario. Azules claros y oscuros y verdes intensos y escarlatas luminosos, plata y oro, melenas y rastas y deseos profundos de posguerra, todo contribuía a nuestras poses

> de pavos reales, meciendo nuestras guitarras como señores medievales con sus espadas, como la Muerte con su guadaña. En términos culturales, *nosotros* decidíamos quién vivía y quién moría. *Nosotros* teníamos la superioridad moral. *Nosotros* éramos el milagro. *Nosotros* teníamos el secreto.

Hawkwind, la legendaria banda del Grove en la que Moorcock militó en esos años, era una operación artística hermana de la literatura moorcockiana. El oeste de Londres era un feudo dividido en dos facciones tardopsicodélicas que gravitaban confusamente la una en torno a la otra: estaba la facción Pink Floyd y la facción Hawkwind. Pink Floyd representaban el viaje interior del LSD: líquidos, sombríos, introspectivos. Una playa infinita en el lado oscuro de la luna. Hawkwind eran el despegue aterrador del speed y la cocaína: media docena de granujas cósmicos que hacían punk, metal y rock gótico (antes de que esos géneros existieran), obsesionados con catástrofes espaciales, viajes interestelares y, sobre todo, con abandonar la Tierra en un cohete alimentado con energía mental. Sus miembros, Dave Brock, Robert Calvert,

Nik Turner, Lemmy Kilmister o Michael Moorcock, eran todos, cada uno a su manera, excéntricos terminales, anárquicos y excesivos, conjurados para intentar que sus genialidades individuales pudieran confluir durante un instante volátil.

Durante aquellos años en que Ladbroke Grove estaba transitada por cowboys del espacio, aparecían nodos de creatividad como hongos malignos. Estaban la Muse Gallery, la Portobello Green Inn, el Pub Elgin, el cine Electric, la London Free School, el Portobello Gold, el local okupado Frestonia y la Westway, la autopista elevada bajo la que se ofrecían conciertos gratuitos y espontáneos. El centro del centro del universo, sin embargo, era el Mountain Grill (inmortalizado en el título de la obra maestra de Hawkwind), una cafetería de barrio desconcertantemente *normal* donde solían sentarse a comer Marc Bolan, David Bowie, Mick Jagger o Dave Brock. Y también –y aquí nos acercamos un poco más a nuestro objetivo– Jimi Hendrix.

Se ha especulado sin descanso sobre los últimos dos días (los «días perdidos») de Hendrix en Ladbroke Grove. El 16 de septiembre de 1970, el músico de Seattle hizo su última aparición en público en el Ronnie Scott's del Soho, tocando un par de temas con Eric Burdon.

Una semana antes, se había arrastrado por los escenarios finales de su gira europea, deprimido y alcoholizado, entre abucheos y aplausos tibios de ánimo. En su penúltimo show en Dinamarca había abandonado el escenario después de tres temas, despidiéndose con la desconcertante frase: «I've been dead a long time» [«Llevo mucho tiempo muerto»].

El 17 de septiembre supuestamente lo pasó de juerga con su novia, la extraña patinadora alemana, Monika Dannemann. Los avistamientos de Hendrix durante ese día son múltiples, confusos y nada fiables, como corresponde a los avistamientos de un fantasma. Se dice que estaba en muchos sitios distintos, fumando maría en casas de gente, en una fiesta privada de Mike Nesmith de los Monkees, en el mercadillo de Kensington High Street (donde trabajaba un joven Freddie Mercury), deambulando borrachuzamente de piso en piso y de club en club. La veracidad de estos itinerarios es lo de menos. Lo importante es que Hendrix, como él mismo decía, seguramente ya era un fantasma. Llevaba muerto mucho tiempo.

El 18 de septiembre de 1970, sobre las 11 de la mañana (dos o tres horas después de irse a dormir),

Danemann se despertó en el sótano del 22 de Ladbroke Crescent donde se estaban alojando (el famoso «Hotel Samarkand») y se encontró a Hendrix inconsciente y sin respirar. Antes de llamar a la ambulancia, Danemann llamó a varios conocidos del mundo del rock para contarles la situación y salió a enterrar sus drogas en el jardín. Cuando llegó la ambulancia al cabo de 18 minutos, Hendrix todavía respiraba, pero ya era demasiado tarde para salvarlo. Había pasado la última noche –o noches– combinando alcohol con barbitúricos, y al acostarse había tomado un frasco entero de somníferos.

Un viaje sin rumbo. Una tonelada de drogas. El Mountain Grill. La gloria del rock. La sobredosis en el sótano. Y la idea persistente de alguien que camina estando ya muerto. En la superficie, son los ingredientes que usa Michael Moorcock en su relato de 1974 «Cantante muerto». Cuento de fantasmas. Alucinación drogadicta. Fantasía macabra. Pero digo en la superficie porque «Cantante muerto» es mucho más que todo eso.

Hay algo profético, casi bíblico, en el escenario y el momento de la muerte de Jimi Hendrix. Ladbroke Grove, 1970. La escena de la que vienen Moorcock y

Hawkwind es mortuoria, antielegíaca y rabiosamente beligerante. Es un epílogo siniestro al sueño roto de la década de 1960, a la paz y el amor, a la pretensión de cambiar el mundo en una generación, a la playa bajo los adoquines. No está claro si Moorcock o Dave Brock creyeron alguna vez en ese sueño. Parecen demasiado consumidos por la ironía y la oscuridad. En cualquier caso, la energía de la que se nutren es tanática: como ratas que se alimentan de un cadáver para atacar a su asesino. Igual que sucedería con las artes a la sombra de Margaret Thatcher, la escena Moorcock-Hawkwind parece florecer gracias al hecho de que todo va mal. En 1970, en el oeste de Londres, todo es fabuloso porque no puede durar. Después de las drogas viene la sobredosis. Después del caos, viene el orden totalitario. Leemos en *The Whispering Swarm:* «aquel [1970] fue el cénit tambaleante del Ladbroke Grove hippy. Ya estaban llegando los banqueros, abogados y agentes de bolsa [...]. Durante unos años, antes de que nos diéramos cuenta de que ya era demasiado tarde para defender nuestro territorio de los bohemios burgueses y los pijos, de los *yuppies,* los vecinos indignados y los colonos, lo pasamos bastante bien. Fue una época dulce».

Por supuesto, Jimi Hendrix es la metáfora perfecta para representar lo que murió en los 60. Paradójicamente, Moorcock invierte la famosa frase del concierto de Aarhus («Llevo mucho tiempo muerto») y adopta en su relato el eslogan opuesto: «Hendrix no puede morir». Publicado en 1974, «Cantante muerto» ejerce un acto fascinante de violencia psíquica: arranca de su tumba al fantasma de una década muerta de forma trágica y lo coloca en la siguiente. Es un acto de una gran perversidad, y sirve para mostrar a un Hendrix horrorizado por el supuesto legado de su generación. Los 60 fueron un enorme solo extático de su guitarra-espada. En los 70, tal como Moorcock explica de forma hilarante en el capítulo 5, la política y la falsedad lo han estropeado todo. Hendrix solo puede manifestar su horror absoluto ante *Easy Rider* y los puñeteros Simon y Garfunkel.

En última instancia, se impone una especie de doctrina del eterno retorno: Shakey Mo Collier, personaje secundario de las novelas de Jerry Cornelius (y posible avatar de Smiling Mike, un célebre *roadie* de Hawkwind de la época), repite literalmente la muerte de Hendrix. Los años 60 no murieron una sola vez: están muriendo siempre. Su inmolación es un ritual cíclico y siempre dará paso a una nueva época de estafa. En su alucinógena novela corta *The Great Rock and Roll Swindle* (1980), Moorcock nos trae una vez más a Hendrix. Esta vez lo encontramos en el Más Allá astral, impartiendo consejos desde la barra de su nuevo establecimiento, el Café Hendrix.

Porque ya se sabe: Hendrix no puede morir.

Javier Calvo

En memoria de, entre otros,
Smiling Mike y John The Bog

Capítulo 1

—El problema no son las anfetas, Jimi –dijo Shakey Mo–. Es con el jaco con lo que has de tener cuidado.

A Jimi le hizo gracia.

—La verdad es que nunca me sentó muy bien.

—A largo plazo tampoco te ha sentado mal. –Shakey Mo se rio. Apenas podía agarrar el volante.

La enorme autocaravana Mercedes dobló otro recodo mal iluminado. Llovía con fuerza contra el parabrisas. Mo encendió los faros. Con la mano izquierda sacó a tientas un cartucho de la caja que tenía en el suelo y lo metió en el equipo de música. La batería rotunda y machacona y los teclados oscuros del último álbum de Hawkwind le ayudaron a sentirse mucho mejor.

—Esto sí que te da energía –dijo Mo.

Jimi se reclinó hacia atrás. Asintió con la cabeza, relajado. La música llenó la autocaravana.

Las anfetas no paraban de provocarle a Shakey Mo alucinaciones mientras conducía. Se le cruzaban ejércitos por delante; nazis que le montaban controles de carretera; niños que salían corriendo detrás de pelotas; incendios enormes que brotaban de golpe o trasgos que aparecían o desaparecían. Le estaba costando mantener el suficiente autocontrol como para seguir conduciendo a través de todo aquello. Pero eran imágenes familiares y no le provocaban pánico. Estaba contento de hacerle de chófer a Jimi. Desde su regreso (o resurrección, como lo llamaba en privado Mo), Jimi no había tocado una guitarra ni había cantado una sola nota, sino que prefería escuchar música ajena. Estaba tardando mucho en recuperarse de lo que le había pasado en Ladbroke Grove. Hacía muy poco que le había empezado a volver el color, y todavía llevaba la misma camisa de seda blanca y los mismos vaqueros que la primera vez que lo había visto Shakey Mo, plantado despreocupadamente en el carenaje del hidroavión de Imperial Airways mientras se acercaba al desembarcadero de Derwentwater. Menudo verano estaban pasando, pensó Mo. Qué maravilla.

La cinta dio la vuelta por segunda vez. Mo tocó el botón para cambiar de pista, pero se lo pensó mejor. Apagó el estéreo.

—Bien. –A Jimi se lo volvía a ver pensativo. Estaba medio dormido, tirado sobre el asiento trasero, con los ojos de párpados pesados clavados en la carretera a oscuras.

—La cosa va a tener que empezar a animarse pronto –dijo Mo–. No puede durar mucho así, ¿verdad? O sea, está todo supermuerto. ¿De dónde va a venir la energía, Jimi?

—Lo que me preocupa es adónde está yendo, colega. ¿Me entiendes?

—Supongo que tienes razón –dijo Mo, aunque no lo entendía.

Pero Jimi debía tener razón.

Jimi siempre había sabido lo que hacía, incluso al morir. Había salido Eric Burdon a decirlo por la tele. «Jimi supo que era hora de irse», había dicho. Se le notaba en los discos y las actuaciones. Algunos no le habían salido tan redondos como otros; algunos incluso parecía que se perdían un poco. Costaba ponértelos. Pero Jimi siempre había sabido lo que hacía. Había que tener fe en él.

Mo sintió el peso de sus responsabilidades. Era un buen pipa, pero había otros mejores que él. Gente más cabal, a quien se le podía confiar un gran secreto. Jimi no lo había dicho con todas las letras, pero estaba claro que no le parecía que el mundo estuviera listo para su regreso. ¿Pero por qué no había escogido Jimi a uno de los pipas de primera fila? Todo tenía que estar preparado para el gran bolo. ¿Quizás en el Shea Stadium, o en el Albert Hall, o en el Olympia de París? En algún escenario clásico, vamos. Woodstock o Glastonbury. O a lo mejor en algún sitio completamente nuevo. ¿La India, quizás? Ya lo decidiría Jimi cuando llegara el momento. Después de que este contactara con él y le dijera dónde lo tenía que recoger, Mo no había tardado en parar de interrogarlo. Con su gentileza de antaño, Jimi se había desentendido de las preguntas. Había sido amable, pero estaba claro que no había querido contestar.

Mo respetaba aquello.

La única petición realmente dolorosa que le había hecho Jimi a Mo era que dejara de poner sus viejos discos, incluyendo *Hey, Joe,* el primer single. Antes no había habido día en que Mo no pusiera algo de Jimi. En su habitación de Lancaster Road, en el camión donde hacía de pipa para Light y después para los Deep Fix, y hasta cuando se había ido a Saint Hill durante su breve conversión a la cienciología, siempre había tenido algún rato para conectar su auricular a la grabadora de casetes. Y aunque la presencia física de Jimi compensaba aquello en gran medida, y contrarrestaba los peores síntomas de la abstinencia, seguía resultando difícil. No había suficiente Mandrax, anfetas o alcohol en el mundo para cubrir su necesidad de aquella música, y, en consecuencia, los tembleques le empeoraban un poco más cada día. A veces a Mo le daba la sensación de estar pagando un precio a cambio de la confianza que había depositado Jimi en él. Pero era buen karma, así que no le importó. A fin de cuentas, estaba acostumbrado a los tembleques. Uno se podía acostumbrar a todo. Se miró los brazos flacos y tatuados, que tenía extendidos hacia delante, y las manos que agarraban el volante. La serpiente del mundo se volvía a retorcer. Negra, roja y verde, se le enroscaba lentamente por la piel, en torno a la muñeca avanzándole muy despacio hacia el codo. Volvió a clavar la mirada en la carretera.

Capítulo 2

Jimi había caído en un profundo letargo. Estaba tirado en el asiento de detrás, con la cabeza apoyada en la funda vacía de la guitarra. Respiraba pesadamente, casi como si tuviera algo que le oprimiera el pecho.

Frente a ellos el cielo era amplio y rosado. A lo lejos se veía una hilera de colinas azules. Mo estaba cansado. Sentía que le volvía la vieja paranoia. Sacó un porro de la guantera y se lo encendió, pero sabía que la maría no le ayudaría mucho. Necesitaba dormir él también un par de horas.

Sin despertar a Jimi, Mo paró la autocaravana en el arcén, cerca de un río salpicado de piedras calizas planas y blancas. Abrió su portezuela y salió despacio a la hierba. No sabía muy bien dónde se encontraban; quizás en alguna parte de Yorkshire. Estaban rodeados de colinas. Era una mañana tibia de otoño, pero Mo tenía frío. Fue hasta la orilla y se arrodilló, metiendo las manos ahuecadas en el agua clara, sorbiendo el río. Se tumbó y se tapó la cara con el sombrero de paja. Últimamente reinaba una movida muy chunga. Quizás fuera por eso que Jimi estaba tardando tanto tiempo en recuperarse.

Mo se sintió mucho mejor al despertar. Ya debía de ser mediodía. Notaba el sol quemándole la piel. Dio una bocanada de aire limpio y se quitó con cuidado el sombrero de la cara. La autocaravana Mercedes negra con los acabados metalizados seguía aparcada en la hierba del arcén. Mo notaba la boca seca. Bebió un poco más de agua y se levantó, sacudiéndose las gotas plateadas de los dedos morenos. Caminó despacio hasta el vehículo, abrió la portezuela y miró por encima del borde del asiento del conductor. Jimi no estaba, pero se oía algo detrás de la partición. Mo trepó por los asientos y abrió la puerta que conectaba con la parte de atrás. Jimi estaba sentado en una de las camas. Había montado la mesa y estaba dibujando en un cuaderno rojo y grande. Cuando Mo entró, tenía una sonrisa remota.

—¿Has dormido bien? –preguntó.

Mo dijo que sí con la cabeza.

—Me hacía falta.

—Claro –dijo Jimi–. Quizás debería conducir un rato yo.

—No hace falta. A menos que tengas prisa por llegar.

—No.

—Voy a preparar algo de desayunar –dijo Mo–. ¿Tienes hambre?

Jimi negó con la cabeza. En lo que llevaban de verano, desde que había bajado del hidroavión y se había sentado en la autocaravana con Mo, Jimi no parecía haber comido nada. Mo se hizo unas salchichas con alubias en la cocinilla marca Calor, abriendo la portezuela trasera para que el olor no llenara la autocaravana.

—A lo mejor me voy a nadar –dijo mientras llevaba su plato a la mesa y se sentaba lo más lejos posible de Jimi, para no molestarlo.

—Vale –dijo Jimi, absorto en su dibujo.

—¿Qué haces? Parece una tira cómica. Me molan mucho los cómics.

Jimi se encogió de hombros.

—Cuatro garabatos, colega. Ya sabes.

Mo terminó de comer.

—En la próxima parada de la autopista compraré unos cuantos cómics. Algunos de los nuevos son flipantes, tío.

—¿Ah, sí? –La sonrisa de Jimi era sarcástica.

—Superflipantes. Guerras cósmicas, distorsiones temporales. Lo de siempre, pero distinto, ¿sabes? Mejor. Más grande. Más espectacular. Sensacional, colega. Oh, te van a encantar. Voy a pillar unos cuantos.

—Genial –dijo Jimi en tono distante, pero estaba claro que no había estado escuchando. Cerró el cuaderno y reclinó la espalda en los cojines de vinilo, cruzando los brazos sobre la pechera de seda blanca. Como si se le acabara de ocurrir que quizás hubiera herido los sentimientos de Mo, añadió–: Sí, me gustaban mucho los cómics. ¿Has visto los japoneses? Unos muy gordos. Ya ves, colega, son para flipar. Niños en llamas. Violaciones. Todo ese rollo. –Se rio mientras negaba con la cabeza–. ¡Oh, colega!

—¿En serio? –contestó Mo, sin saber muy bien qué decir.

—¡Sí! –Jimi fue a la puerta, puso las manos a los lados del marco y contempló el día–. ¿Dónde estamos, Mo? Se parece un poco a Pensilvania. O al Valle del Delaware. ¿Has estado alguna vez allí?

—Nunca he estado en América.

—¿En serio?

—Debemos de estar en Yorkshire, creo. Seguramente al norte de Leeds. Eso de ahí podría ser el Distrito de los Lagos.

—¿No fue ahí donde aparecí?

—En Derwentwater.

—Vaya, vaya. –Jimi soltó una risilla.

Hoy a Jimi se le veía más animado. Quizás le estuviera costando un poco almacenar toda la energía que le iba a hacer falta cuando por fin se revelara al mundo. Llevaban un tiempo conduciendo sin rumbo. Jimi había dejado que Mo decidiera adónde iban. Habían pasado por Gales, por el Peak District, por el West Country y por la mayor parte de los Home Counties; por todas partes salvo por Londres. Jimi no había querido ir a Londres. Era obvio por qué. Malos recuerdos. Mo había estado unas cuantas veces en la ciudad; dejaba la Mercedes y a Jimi en algún área de descanso de las afueras y caminaba o hacía dedo hasta Londres para pillar su Mandrax y sus anfetas. Cuando podía, también pillaba algo de farlopa. Le gustaba hacerse un par de rayas de vez en cuando. En el Finch's de la esquina de Portobello Road había tenido ganas de contarles a sus viejos colegas lo de Jimi, pero este le había prohibido que dijera nada, así que, cuando la gente le preguntaba a qué se dedicaba y dónde estaba viviendo últimamente, no le quedaba otro remedio que darles respuestas vagas. No les faltaba el dinero. Jimi no tenía, pero Mo se había sacado bastante con la venta del Dodge descapotable blanco. Se lo habían regalado los Deep Fix cuando habían dejado de hacer giras. Y también tenía una bolsa enorme de maría en la autocaravana. La suficiente como para durarle meses a dos personas, aunque no parecía que Jimi la quisiera tampoco.

Jimi regresó a la penumbra de la autocaravana.

—¿Qué te parece si volvemos ya a la carretera?

Mo se llevó el plato, el cuchillo y el tenedor al río, los lavó y los volvió a guardar en el armarito. Se sentó al volante y giró la llave del contacto. El motor Wankel arrancó de inmediato. La Mercedes se puso en marcha suavemente, todavía con rumbo norte, dando tumbos sobre la hierba hasta volver al asfalto. Estaban en una vía solo apta para el tráfico en una dirección, pero no se encontraron con nadie detrás de ellos ni tampoco delante hasta que dejaron aquella carretera y cogieron la A65 en dirección a Kendal.

—¿No te importa ir al Distrito de los Lagos? –preguntó Mo.

—Me parece bien –dijo Jimi–. Soy el Guerrero Gaviota loco, colega. –Sonrió–. ¿Quizás podríamos llegar al mar?

—No queda lejos. –Mo señaló al oeste–. ¿Vamos a Morecambe?

Capítulo 3

Las cimas de los acantilados estaban cubiertas de una hierba igual de lisa que la de un campo de golf. Más abajo, el mar suspiraba. Jimi y Mo estaban de buen humor, haciendo el tonto como críos.

A lo lejos, doblando la curva de la bahía, asomaban las torres, los parques de atracciones y los salones recreativos de Morecambe, pero allí todo estaba desierto y en silencio, salvo por el chillido ocasional de alguna gaviota.

Mo se rio y soltó un grito nervioso cuando Jimi se puso a bailar tan cerca del borde del acantilado que pareció que se iba a caer.

—Ten cuidado, Jimi.

—Joder, colega. No me puede matar nadie. –Tenía una sonrisa enorme y eufórica en la cara y se le veía perfectamente sano–. ¡No pueden matar a Jimi, colega!

Mo se acordó de verlo en los escenarios. Con un control total de sí mismo. Moviéndose por entre las luces estroboscópicas, con su guitarra enorme extendida frente a sí, señalando a cada miembro individual del público, haciendo que cada chaval se sintiera como si estuviera en contacto personal con Jimi.

—¡Claro que sí! –Mo soltó una risilla.

Jimi se quedó haciendo equilibrios en el borde del abismo, sin dejar de agitar los brazos estirados.

—Soy el que los hace bailar a todos. ¡Colega! ¡No me pueden hacer na de na!

—¡Claro que sí!

Jimi se dio la vuelta de golpe y se tiró sobre la hierba al lado de Mo. Estaba jadeando. Estaba sonriente. Está volviendo, Mo. Fresco como una rosa.

Mo asintió con la cabeza, sin dejar de soltar risillas.

—Lo veo y lo siento, colega.

Mo levantó la vista. Había gaviotas por todas partes. Chillando. Estaban adoptando la identidad de un público. Las odió. Ahora cubrían el cielo.

—No dejes que se te metan las putas plumas en la garganta –dijo Mo, repentinamente huraño. Se levantó y volvió a la autocaravana.

—Mo. ¿Qué te pasa, tío?

Jimi estaba preocupado como siempre, pero eso solo consiguió deprimir más a Mo. Había sido la amabilidad de Jimi lo que lo había matado la primera vez. Siempre era educado con todo el mundo. No lo podía evitar. Y la gente chunga se había aprovechado de él. Y le habían chupado la sangre.

—Te volverán a joder, colega –dijo Mo–. Lo sé. Cada vez. Y no puedes hacer nada para evitarlo. Da igual cuánta energía reúnas, fíjate; te la sorberán toda y seguirán pidiendo más. Quieren tu sangre, colega. Quieren tu esperma y tus huesos y tu carne, colega. Te van a joder vivo. Se te van a comer otra vez.

—No. Voy a... no, esta vez no.

—Claro –dijo Mo en tono sarcástico.

—Colega, me estás intentando hundir.

Mo empezó a temblar.

—No. Pero...

—No te preocupes, colega, ¿vale? –La voz de Jimi era suave y tranquila.

—No lo sé expresar con palabras, Jimi. Es una especie de... premonición, ¿sabes?

—¿De qué le han servido las palabras nunca a nadie? –Jimi soltó su risa grave de antaño–. Estás loco, Mo. Venga, vamos a la autocaravana. ¿Adónde quieres ir ahora?

Pero Mo fue incapaz de contestar. Se sentó al volante y se quedó mirando el mar y las gaviotas a través del parabrisas.

Jimi se mostró conciliador:

—Mira, Mo. Lo voy a hacer bien, ¿vale? Me lo voy a tomar con calma, ¿o es que crees que no te necesito?

Mo no sabía por qué estaba tan deprimido de repente.

—Mo, tú te quedas conmigo, vaya adonde vaya –dijo Jimi.

Capítulo 4

En las afueras de Carlisle vieron a un autoestopista, un chaval con mucha pinta de hecho polvo. Estaba apoyado en un letrero. Tuvo la energía justa para levantar la mano.

—Cógelo si quieres –dijo Jimi, y se fue a la parte de atrás de la autocaravana, cerrando la puerta mientras Mo paraba para recogerlo.

—¿Adónde vas? –dijo Mo.

—¿Podría ser a Fort William, colega? –dijo el autoestopista.

—Entra –dijo Mo.

El autoestopista dijo que se llamaba Chris.

—¿Tocas en una banda, colega? –Echó un vistazo a los viejos adhesivos y al estéreo, los tatuajes de Mo, su pintura facial medio borrada, su camiseta de Cawthorn, su chaqueta de cuentas, sus vaqueros gastados con parches descoloridos y las botas de cowboy de cuero que se había comprado el año anterior en el Emperor of Wyoming de Notting Hill Gate.

—Antes hacía de pipa para los Deep Fix –dijo Mo.

El chaval tenía los ojos hundidos y las cuencas enrojecidas. Llevaba el pelo negro largo y caído sobre la cara pálida. Camisa vaquera Wrangler rota, una chaqueta Levi's blanca sucia y tejanos con agujeros en las dos perneras a la altura de las rodillas. Mocasines en los pies. Se le veía nervioso y ansioso.

—¿Ah, sí?

—Pues sí –dijo Mo.

—¿Qué hay en la parte de atrás? –Chris se giró para mirar la puerta–. ¿Equipo?

—Algo sí.

—Llevo tres días haciendo dedo, de noche y de día –dijo Chris. Tenía en el regazo una mochila de color caqui manchada de grasa y de lluvia–. ¿Te importa si en algún momento quiero comer algo?

—No –dijo Mo. Había una estación de servicio más adelante. Decidió parar y llenar el depósito. Para cuando llegó a la gasolinera, Chris se había dormido.

Mientras esperaba para reincorporarse al tráfico, Mo se llenó la boca de pastillas. Algunas se le cayeron de la mano al suelo. No se molestó en recogerlas. Estaba de bajón.

Chris se despertó cuando estaban cruzando Glasgow.

—¿Esto es Glasgow?

Mo asintió con la cabeza. No podía controlar la paranoia. Miró malhumorado los coches que avanzaban despacio frente a ellos. Todas las tiendas tenían rejas de acero enormes cubriendo los escaparates. Los pubs parecían búnkeres. Se sentía cabreado de verdad sin saber por qué.

—¿Adónde vas tú? –preguntó Chris.

—¿A Fort William?

—Pues tengo suerte. ¿Sabes dónde puedo pillar hierba en Fort William?

Mo estiró el brazo y empujó una lata de tabaco por el salpicadero hacia el chaval.

—Te puedes quedar esta.

Chris cogió la lata y la abrió.

—¡Brutaaaal! ¿Va en serio? ¿Y los papeles?

—Claro –dijo Mo. Odiaba a Chris, odiaba al mundo entero. Sabía que se le pasaría.

—¡Oh, uau! Gracias, colega. –Chris se metió la lata en la mochila–. Cuando salgamos de la ciudad, te lío uno, ¿vale?

—Vale.

—¿Y ahora para quién trabajas? –dijo Chris–. ¿Para alguna banda?

—No.

—¿Estás de vacaciones?

El chaval iba demasiado pasado de vueltas. Debía de ser la falta de sueño.

—Más o menos –dijo.

—Yo también. Bueno, al menos al principio. Estoy en una universidad. Exeter. O estaba. Decidí dejarlo. No pienso volver a ese estercolero. Con un semestre ya tuve bastante. Se me ha ocurrido ir a las Hébridas. Un conocido mío vive allí en una comuna, en una de las islas. Tienen sus propias ovejas, cabras y una vaca. Nadie se mete con ellos. Ya sabes. Libertad total. Me da buen rollo.

Mo asintió con la cabeza.

Chris se apartó el pelo negro y grasiento de la cara.

—O sea, compara eso con un sitio como este. ¿Cómo lo aguanta la gente, joder? Hostia puta.

Mo no le contestó. Siguió avanzando, cambiando de marcha a medida que lo hacían los semáforos.

—Alucinante –dijo Chris. Vio la caja de los cartuchos a sus pies–. ¿Puedo poner música?

—Tú mismo –dijo Mo.

Chris cogió un álbum antiguo, *Who's Next*. Intentó meterlo en la ranura del revés. Mo se lo quitó de la mano y lo metió bien. Se sintió mejor cuando empezó la música. Por el rabillo del ojo distinguió cómo Chris se pasaba un rato intentando hablar antes de darse cuenta de que Mo no podía oírlo.

Mo dejó que la cinta diera una vuelta y otra mientras se alejaban de Glasgow. Chris lio unos porros y Mo fumó un poco, empezando a superar su paranoia. Sobre las cuatro de la tarde ya se encontraba mejor y apagó el equipo de música. Estaban conduciendo por el margen del Loch Lomond. Los helechos comenzaban a ponerse marrones y a brillar como el metal cuando los tocaba el sol. Chris se había vuelto a quedar dormido, pero se despertó al detenerse la música.

—Brutal. –Le encantaba el paisaje–. Brutal, joder. –Bajó su ventanilla–. Es la primera vez que estoy en Escocia.

—¿Ah, sí? –dijo Mo.

—¿Cuánto falta para llegar a Fort William, colega?

—Unas horas. ¿Por qué estás yendo a Fort William?

—Porque conocí a una chati. Es de allí. Su viejo es farmacéutico o algo así.

Sin poder refrenarse, Mo dijo en voz baja:

—Adivina a quién llevo en la parte de atrás.

—¿A una chati?

—No.

—¿A quién?

—A Jimi Hendrix.

Chris se quedó boquiabierto. Miró a Mo y soltó un soplido de burla, dispuesto a sumarse al chiste.

—¡No! ¿En serio? A Hendrix, ¿eh? ¿Qué es esto, una autocaravana frigorífica? –Lo excitaba aquella fantasía–. ¿Crees que nos tocará algo si lo descongelamos? –Negó con la cabeza, sonriendo.

—Está sentado en la parte de atrás. Vivo. Le estoy haciendo de pipa.

—¿En serio?

—Sí.

—Fantástico. –Chris ya estaba medio convencido. Mo se rio. Chris miró la puerta. Luego se quedó un rato callado.

Aproximadamente media hora más tarde, dijo:

—Hendrix era el mejor, ¿sabes? Era el rey, colega. No solo su música, también su estilo. Todo.

Cuando me enteré de que había muerto, no me lo podía creer. Todavía no me lo puedo creer, tío.

—Ya –dijo Mo–. Pues ha vuelto.

—¿Ah, sí? –Chris se volvió a reír, indeciso–. ¿Está ahí? ¿Lo puedo ver?

—Todavía no está listo.

—Ya, claro –dijo Chris.

Estaba oscuro cuando llegaron a Fort William. Chris se bajó dando tumbos del vehículo.

—Gracias, colega. Has sido muy legal, tío. ¿Dónde te quedas?

—No me quedo aquí –dijo Mo–. Nos vemos.

—Sí. Nos vemos. –Chris seguía teniendo la misma expresión perpleja en la cara.

Mo sonrió para sí mismo mientras arrancaba rumbo a Oban. En cuanto empezaron a moverse, se abrió la puerta y Jimi trepó por encima de los asientos para sentársele al lado.

—¿Le has dicho a ese chaval que yo estaba aquí?

—No me ha creído –dijo Mo.

Jimi se encogió de hombros.

Se puso a llover otra vez.

Capítulo 5

Estaban los dos tumbados en el brezal húmedo, en lo alto de las colinas. No había ni un alma en millas a la redonda; no había carreteras, pueblos ni casas. El aire estaba inmóvil y vacío, salvo por un halcón que planeaba a tanta altura por encima de ellos que casi era invisible.

—No se está mal, ¿eh? –dijo Mo–. Es fantástico.

Jimi sonrió con gentileza.

—Es bonito, sí –dijo.

Mo se sacó una chocolatina Mars del bolsillo y se la ofreció a Jimi, que dijo que no con la cabeza. Mo empezó a comerse la chocolatina.

—¿Qué crees que soy, colega? –dijo Jimi.

—¿A qué te refieres?

—¿Diablo o ángel? Ya sabes.

—Eres Jimi –dijo Mo–. Con eso ya me basta, colega.

—O un simple fantasma –dijo Jimi–. Quizás solo soy un fantasma.

Mo se echó a temblar.

—No –dijo.

—¿O un asesino? –Jimi se levantó e hizo una pose teatral–. El Asesino Cósmico. O quizás el mesías. –Se rio–. ¿Queréis que os predique mi sabiduría?

—La cosa no va de eso –dijo Mo, con el ceño fruncido–. No es una cuestión de palabras. Lo único que tienes que hacer es estar, Jimi. En el escenario. Con la guitarra. Tú estás por encima de todo eso, de todo el *hype.* Hagas lo que hagas, estará bien, ya sabes.

—Si tú lo dices, Mo. –Jimi había tomado alguna clase de barbitúrico. Se agachó hasta sentarse con las piernas cruzadas en el brezo, alisándose los vaqueros blancos y sacudiéndose el barro de las botas de charol negras–. ¿A qué viene todo este rollo *Easy Rider*, entonces? ¿Qué estamos haciendo aquí?

—¿No te gustó *Easy Rider?* –Mo estaba estupefacto.

—Lo mejor que he visto desde *Vuelve a casa, Lassie*. –Jimi se encogió de hombros–. Lo único que demuestra esa película es que Hollywood todavía es una máquina de hacer dinero, ya sabes. Ponen a un par de hippies falsos y se llevan un pastón. Una estafa, colega. Y la chavalada se la ha tragado. ¿Dónde me deja eso a mí?

—Tú nunca estafaste a nadie, Jimi.

—¿Ah, sí? ¿Y cómo lo sabes?

—Pues porque no lo hiciste nunca.

—Toda esa mierda bajonera se está colando en todas partes. Las cosas van mal. –Jimi había cambiado de tema; Mo era incapaz de seguir aquel giro de la conversación–. Ladbroke Grove lleno de gente que solo toca rollos de los 50 falsos, Simon y Garfunkel. ¡Madre de Dios! ¿Alguna vez valió la pena esa música?

—Las cosas van por oleadas. No se puede estar todo el tiempo en la cresta de la ola.

—Ya, claro. –Jimi soltó un soplido de burla–. Esta es para todos los soldados que están luchando en Chicago. Y en Milwaukee. Y en Nueva York... Y en Vietnam. Abajo la guerra y la polución. ¿Qué mierdas son esas?

—Bueno... –Mo tragó lo que le quedaba de la chocolatina Mars–. Bueno, es importante, colega. O sea, el hecho de que estén matando a todos esos chavales.

—Mientras nosotros ganábamos fortunas. Y soltábamos todos esos rollos sentimentales. Ahí es donde la cagamos. O te dedicas al negocio de la conciencia social o te dedicas al negocio del espectáculo. Si crees que los puedes combinar sin más, eres un tonto.

—No, colega. O sea, puedes decir cosas y que la gente las oiga.

—Cada cual dice lo que quiere su público. A los fans de Frank Sinatra, Frank Sinatra les vende lo que les gusta. Jimi Hendrix le da al público de Jimi Hendrix lo que quiere oír. ¿Es a eso a lo que quiero volver?

Pero Mo ya no lo escuchaba. Estaba fijándose en cómo le subían los tatuajes por los brazos. Por fin dijo en tono vago:

—Hace falta música distinta para estados de ánimo distintos. Los New Riders no tienen nada de malo si, por ejemplo, quieres bajar de algún viaje paranoico de tripi. Y luego, para subir, Hendrix. Así va la cosa. Es como tomar estimulantes y narcóticos, ya sabes.

—Vale –dijo Jimi–. Tienes razón. Pero es lo otro lo que es estúpido. ¿Por qué siempre quieren que estés diciendo cosas? Si solo eres músico, es lo único que necesitas ser. Por lo menos cuando estás tocando en directo, o grabando un disco. Todo lo demás lo tienes que quitar del medio. Si quieres hacer rollos benéficos, conciertos gratuitos, pues vale. Pero tus opiniones han de ser privadas. Nos quieren convertir en políticos.

—Ya te lo he dicho –dijo Mo, mirándose con intensidad los brazos–. Nadie pide eso. Tú has de hacer lo que quieras hacer.

—Nadie lo pide, pero siempre da la sensación de que se lo tienes que dar. –Jimi rodó hasta quedar tumbado boca arriba y se rascó la cabeza–. Y luego los culpas a ellos.

—No todo el mundo cree que le debe nada a nadie –dijo Mo en tono dócil mientras la piel se le ondulaba sobre la carne.

—Quizás sea eso –dijo Jimi–. Quizás sea eso lo que te mata. Dios bendito. Psicológicamente, colega, ya sabes, eso significa que tienes que meterte en un lío de mil demonios. Dios bendito. Es un suicidio, colega. Da grima.

—Te mataron –dijo Mo.

—No, colega. Fue suicidio.

Mo vio reptar a la serpiente del mundo. ¿Era posible que aquel Hendrix fuera un impostor?

Capítulo 6

—¿Y qué vas a hacer, pues? –dijo Mo. Iban de camino a Skye y se les estaba acabando la gasolina.

—Fue una gilipollez volver –dijo Jimi–. Pensaba que tenía alguna clase de deber.

Mo se encogió de hombros.

—Quizás lo tengas, ya sabes.

—O quizás no.

—Bueno, vale. –Mo vio una gasolinera más adelante. La aguja indicaba que el depósito estaba vacío y en el panel parpadeaba una luz roja. Siempre le pasaba lo mismo. Pero casi nunca se había quedado tirado. Miró el retrovisor y sus ojos enloquecidos le devolvieron la mirada. Se preguntó por un momento si debería girar un poco el retrovisor para comprobar si podía ver el reflejo de Jimi. Se borró de la cabeza aquella idea. Más paranoia. Tenía que controlarla.

Mientras el empleado de la gasolinera le llenaba el depósito, Mo fue al lavabo. Entre las pintadas más habituales estaba el eslogan «Hawkwind es lo más». Quizás Jimi tuviera razón. Quizás su época se había acabado y se tendría que haber quedado muerto. Mo se quedó abatido. Hendrix había sido su único héroe. Se tambaleó hasta la puerta y empezó a resbalarse por ella cayendo al suelo mugriento. Tenía la boca seca; el corazón le iba a cien. Intentó acordarse de cuántas pastillas se había tragado en las últimas horas. Quizás estuviera a punto de tener una sobredosis.

Levantó las manos hasta la manecilla de la puerta y se apoyó en ella para ponerse de pie. Se inclinó sobre la pileta del lavabo y se metió los dedos en la garganta. Todo se movía. El lavamanos estaba vivo. Era una boca codiciosa que se lo estaba intentando tragar. Las paredes dieron una sacudida y empezaron a cernirse sobre él. Oyó un silbido. No le salió nada de la boca. Dejó de intentar vomitar, se dio la vuelta y trató de recuperar el equilibrio como pudo, apartó a manotazos a los hombrecitos blancos que lo intentaban agarrar, abrió la puerta a empujones y se medio cayó al otro lado. Fuera, el empleado le estaba volviendo a poner el tapón al depósito. Se secó las manazas con un trapo y se lo guardó en el mono de trabajo mientras decía alguna cosa. Mo se encontró algo de dinero en el bolsillo de detrás y se lo dio al empleado. Oyó una voz:

—¿Te encuentras bien, chaval?

El tipo le había dedicado una mirada de preocupación genuina.

Mo murmuró algo y se metió en la cabina.

El empleado vino corriendo mientras Mo arrancaba el motor, enseñándole unos billetes y unos cupones verdes.

—¿Qué? –dijo Mo. Consiguió bajar la ventanilla. La cara del tipo se convirtió en una máscara malévola de demonio. Mo sabía que no tenía que preocuparse de aquello–. ¿Qué?

Le pareció oír que el empleado decía:

—Ya ha pagado tu amigo.

—Es verdad, colega –dijo Jimi desde detrás de él.

—Quédatelo –dijo Mo. Tenía que volver deprisa a la carretera. En cuanto estuviera conduciendo, podría recuperar algo de autocontrol. Sacó de la caja un cartucho al azar. Lo embutió en la ranura. La cinta empezó a sonar por la mitad de un álbum de los Stones. La voz de Jagger cantando *Let It Bleed* tuvo un efecto calmante en Mo. Las serpientes dejaron de subir y bajar enroscándosele por los brazos y la carretera se estabilizó y se volvió mucho más clara. Nunca le habían gustado mucho los Stones. Eran bastante capullos, aunque había que admitir que Jagger tenía un estilo propio y que nadie lo podía imitar. Pero básicamente eran unos capullos, igual que todos aquellos tipos que iban de malotes ahora, como Morrison y Alice Cooper. Se le ocurrió que estaba perdiendo el tiempo pensando en simples bandas, ¿pero en qué otra cosa se podía pensar? Y, en cualquier caso, ¿qué otra forma había de plantearte la vida? El rollo místico no le decía gran cosa. La cienciología era una chorrada. O por lo menos, él no le veía nada interesante. Los tipos que dirigían aquel cotarro parecían estar todavía más jodidos que la gente a la que supuestamente estaban ayudando. Y eso se aplicaba a muchas cosas. La mayoría de la gente que decía querer ayudarte, en realidad se estaba aprovechando de ti de alguna forma. A aquellas alturas había conocido a gurús de todas las clases. Sufíes, Hare Krishnas, Cristianos Renacidos, Meditadores, seguidores del Proceso y de la Luz Divina. Todos sabían hablar mejor que él, pero también parecían necesitar más de Mo de lo que él les podía dar. Cuando ibas de tripi, te podías meter dentro de la gente. El ácido lo había ayudado mucho en aquel sentido. Últimamente podía calar con gran facilidad a los vendedores de modas. Y usando aquella técnica, se daba cuenta de que Jimi no podía ser un farsante. Jimi era sincero. Quizás estuviera en un momento jodido, pero era buen tío.

La carretera era larga y blanca y por fin se convirtió en una roca gigante. Mo no sabía si la roca era real o no. Condujo hacia ella, pero luego cambió de opinión y frenó de golpe. Un coche rojo que iba detrás de él dio un volantazo e hizo sonar la bocina mientras lo adelantaba y atravesaba la roca, que desapareció. Mo se quedó temblando de la cabeza a los pies. Sacó la cinta de los Stones y la cambió por el *American Beauty* de los Grateful Dead, a volumen bajo.

—¿Estás bien, colega? –dijo Hendrix.

—Sí, sí. Un poco tembloroso nada más. –Mo arrancó el motor.

—Deberías parar y dormir un poco.

—Dentro de un rato ya veré cómo lo llevo.

Se estaba poniendo el sol cuando Jimi dijo:

—Parece que estamos yendo al sur.

—Sí –dijo Mo–. Tengo que volver a Londres.

—¿Necesitas pillar?

—Sí.

—A lo mejor esta vez te acompaño.

—¿Ah, sí?

—O a lo mejor no.

Capítulo 7

Para cuando Mo llegó haciendo autoestop a la estación de metro más cercana y cogió un tren a Ladbroke Grove, ya estaba hecho mierda. Ahora le bailaban todas las imágenes en la cabeza: las de la primera vez que había visto a Jimi por la tele tocando *Hey, Joe* (Mo todavía iba a la escuela), las de Jimi tocando en Woodstock, en festivales y conciertos por todo el país. Jimi con sombreros enormes y emplumados, con camisas extravagantes de colores, con varios anillos en cada dedo, tocando aquella Stratocaster blanca, pasándose la guitarra por encima de la cabeza, rasgando las cuerdas con los dientes, metiéndosela por entre las piernas, haciéndola chillar y gemir y palpitar, haciendo más cosas con una guitarra de las que había hecho nunca nadie. Solo Jimi podía conseguir que una guitarra cobrara vida de aquella forma, convertir el instrumento en una criatura orgánica; a la vez una polla, una mujer, un caballo blanco y una serpiente deslizándose. Mo se miró los brazos, pero no se movía nada. El sol ya se estaba empezando a poner cuando giró por Lancaster Road, impulsado más por una mezcla de hábito y de inercia que por ninguna energía ni determinación. Ahora tenía otra imagen en la cabeza, la de Jimi como ladrón de almas, que le robaba la energía al público. Jimi ya no era un mártir; ahora era un vampiro. Mo sabía que la paranoia lo estaba asaltando y que cuanto antes pillara unas anfetas, mejor. No podía culpar a Jimi de cómo se encontraba. Llevaba dos días sin dormir. No era más que eso. Jimi se lo había dado todo a su público, incluyendo su vida. ¿Cuántos miembros de su público habían muerto por Jimi?

Subió los escalones de la casa de Lancaster Road y llamó al tercer timbre empezando por abajo. No hubo respuesta. Estaba temblando mucho. Se agarró a los escalones de cemento y trató de calmarse, pero la cosa empeoró y le pareció que se iba a desmayar.

Se abrió la puerta detrás de él.

—¿Mo?

Era la chati de Dave, Jenny, con un vestido de brocado violeta. Tenía el pelo embadurnado de henna húmeda.

—¿Mo? ¿Te encuentras bien?

Mo tragó saliva y dijo:

—Hola, Jenny. ¿Dónde está Dave?

—Se ha ido al Mountain Grill a pillar algo de comida. Hace una media hora. ¿Estás bien, Mo?

—Estoy cansado. ¿Dave tiene anfetas?

—Le ha llegado un montón de Mandrax.

Mo aceptó la noticia.

—¿Me puedes vender por valor de un par de libras?

—Es mejor que se lo preguntes a él, Mo. Yo no sé a quién se las ha prometido.

Mo asintió con la cabeza y se levantó con cuidado.

—¿Quieres entrar y esperarlo, Mo? –dijo Jenny.

Mo negó con la cabeza.

—Voy a pasar por el Mountain. Te veo luego, Jenny.

—Hasta luego, Mo. Cuídate.

Mo caminó arrastrando lentamente los pies por Lancaster Road y giró al llegar a la esquina de Portobello Road. Le pareció ver que la autocaravana Mercedes negra y metalizada cruzaba la calle más adelante. Los edificios se le estaban echando encima. Vio que lo miraban con sonrisas lascivas y burlonas. Los oyó hablar de él. Había pasma por todas partes. Una mujer le tiró algo. Siguió caminando hasta que llegó al Mountain Grill y entró dando tumbos por la puerta. El café estaba abarrotado de hippies, pero no había nadie a quien conociera. Todos tenían expresiones malignas y secretistas y hablaban en voz baja.

—Cabrones –murmuró, pero ellos fingieron que no estaban escuchando. Vio a Dave.

—¿Dave? ¡Dave, colega!

Dave levantó la vista, sonriendo para sí mismo.

—Hola, Mo. ¿Cuándo has vuelto a la ciudad? –Lleva unos vaqueros nuevos y limpios con parches también nuevos. En uno de ellos se leía «Star Rider».

—Acabo de llegar. –Mo se inclinó por encima de las mesas, sin importarle la gente que había entre ambos, y le susurró a Dave–: He oído que tienes Mandrax.

A Dave se le puso la cara seria.

—Pues sí. ¿Las quieres ahora?

Mo asintió con la cabeza.

Dave se levantó despacio y pagó la cuenta a la mujer gorda y de piel oscura que estaba en la caja.

—Gracias, Maria.

Dave cogió a Mo del hombro y lo sacó del café. Mo se preguntó si Dave estaría a punto de delatarlo. Se acordó de que había sido objeto de sospechas en más de una ocasión.

Mientras caminaban, Dave le dijo en voz baja:

—¿Cuántas necesitas, Mo?

—¿Cuánto valen?

—Te las puedo vender a diez peniques cada una –dijo Dave.

—Pues dame cinco libras. Eso serían cien, ¿no?

—Cincuenta.

Volvieron a Lancaster Road y Dave abrió la puerta de la casa usando dos llaves, una Yale y una de mortaja. Subieron una escalera oscura y peligrosa. La habitación de Dave también estaba a oscuras y llena de humo de incienso; tenía las ventanas pintadas para impedir que entrara la luz. Vio a Jenny en un rincón, sentada en un colchón, escuchando a Ace en el equipo de música y haciendo punto.

—Hola, Mo –dijo–. Veo que lo has encontrado.

Mo se sentó en el colchón del otro rincón.

—¿Cómo va, Jenny? –dijo. No le caía bien Dave, pero Jenny sí. Se esforzó mucho por ser cortés. Dave estaba de pie frente a una cajonera, sacando a rastras una caja de debajo de un montón de cortinas con borlas. Mo miró más allá de él y vio a Jimi allí de pie. Iba vestido con una camisa de seda toda cubierta de rosas pintadas a mano. Llevaba en torno al cuello una cadenilla de plata con un talismán de jade. La Stratocaster blanca en las manos. La estaba tocando con los ojos cerrados. Mo se dio cuenta de que estaba mirando un póster.

Dave contó cincuenta pastillas de Mandrax mientras las metía en un frasco de aspirinas. Le dio el frasco a Mo y este le dio un billete de cinco libras. Mo abrió el frasco, sacó un montón de pastillas y se las tragó a toda prisa. No hacían efecto de inmediato, pero ya se sintió mejor por el hecho de haberlas tomado. Se levantó.

—Nos vemos luego, Dave.

—Nos vemos luego, colega –dijo Dave–. Quizás esta noche en el Finch's.

—Sí.

Capítulo 8

Mo no se acordaba de cómo había empezado la pelea. Estaba sentado tranquilamente en un rincón del pub, bebiéndose su pinta de cerveza amarga, cuando aquel gordo viejales que siempre estaba allí buscando problemas decidió meterse con él. Se acordaba de habersc levantado y haberle dado un puñetazo al gordo. Había habido mucha confusión y de alguna manera se las había apañado para mandar al gordo de una hostia al otro lado de la barra. Luego unos cuantos conocidos se lo habían llevado de allí a un sótano de Oxford Gardens, donde había estado escuchando música.

Fue el *Band of Gypsys* lo que lo despertó. Mientras escuchaba «Machine Gun», se dio cuenta de golpe de que no le gustaba. Fue al montón de discos y encontró otros álbumes de Hendrix. Puso *Are You Experienced,* el primer álbum, y *Electric Ladyland,* y le gustaron mucho más. Luego volvió a poner *Band of Gypsys.*

Examinó la sala a oscuras. Todo el mundo parecía estar completamente colocado.

—Se murió cuando debía –dijo–. Su momento se había acabado, ya sabéis. No tendría que haber vuelto.

Se buscó a tientas por los bolsillos el frasco de Mandrax. No parecía que le quedaran muchas. Quizás alguien se las había gorroneado en el pub. Tomó unas cuantas más y cogió la botella de vino que había en la mesa para hacerlas bajar. Volvió a poner *Are You Experienced* en el tocadiscos y se tumbó.

—Qué maravilla de disco –dijo. Se quedó dormido. Tembló un poco. La respiración se le volvió cada vez más profunda. Cuando empezó a vomitar dormido nadie se dio cuenta. A aquellas alturas todo el mundo estaba en otro planeta. Se asfixió en silencio y después paró.

Capítulo 9

Al cabo de una hora más o menos entró un hombre negro en la sala. Era alto y elegante. Irradiaba energía. Llevaba una camisa de seda blanca y vaqueros del mismo color. Calzaba unas botas relucientes de charol. Una chica empezó a levantarse cuando lo vio entrar. Se la veía perpleja.

—Hola –dijo el recién llegado–. Estoy buscando a Shakey Mo. Nos tendríamos que ir yendo.

Echó un vistazo a los cuerpos dormidos y por fin miró más de cerca uno que estaba un poco separado de los demás. Tenía vómito por toda la cara y la camisa. La piel de un verde sucio y horrible. El hombre negro esquivó los demás cuerpos y se arrodilló junto a Mo, palpándole el corazón y tomándole el pulso.

La chati se lo quedó mirando con expresión estúpida.

—¿Está bien?

—Ha tenido una sobredosis –dijo el recién llegado en voz baja–. Ha muerto. ¿Quieres traer a un médico o algo así, cielo?

—Oh, Dios –dijo ella.

El hombre negro se levantó y caminó hasta la puerta.

—Eh –le dijo ella–. Eres idéntico a Jimi Hendrix, ¿sabes?

—Pues sí.

—No puedes ser... no lo eres, ¿verdad? O sea, Jimi está muerto.

Jimi negó con la cabeza y puso su sonrisa de antaño.

—Quita, tía. A Jimi no lo pueden matar. –Se rio mientras se marchaba.

La chica se quedó mirando el cuerpo pequeño y demacrado, cubierto de su propio vómito. Se bamboleó un poco, frotándose los muslos. Frunció el ceño. Luego subió la escalera tan deprisa como pudo con el estorbo de aquel vestido largo de algodón y salió a la calle. Estaba a punto de amanecer y hacía frío. La figura alta de la camisa y los vaqueros blancos no parecía notar el frío. Lo vio llegar dando zancadas hasta una autocaravana Mercedes enorme que había aparcada al final de la calle.

La chica echó a correr detrás de la autocaravana negra mientras esta arrancaba y se alejaba un poco antes de verse obligada a detenerse en el cruce con Ladbroke Grove.

—¡Espera! –gritó–. ¡Jimi!

Pero la autocaravana volvió a arrancar antes de que pudiera alcanzarla.

La chica la vio alejarse hacia el norte, con rumbo a Kilburn.

Se secó el sudor pegajoso de la cara. Debía de estar teniendo una alucinación. Confiaba en que, cuando volviera al sótano, no se encontraría a ningún muerto.

Sería lo que le faltaba.

Nota de los editores

Cuando Javier Calvo nos propuso la publicación de este texto mínimo, nunca pensamos que la reflexión a la que nos iba a enfrentar su lectura fuera tan profunda. Si de manera simplista creímos que se trataba de un relato más sobre la *muerte del mito* –y su resurrección–, descubrimos que un pequeño gesto literario como este podía describir, de manera genuina, una de las grandes paradojas de la contracultura musical.

Así, si el pop-rock de finales de los sesenta y principios de los setenta se acerca a la ciencia ficción, a lo mágico y a lo espiritual; la llegada del punk sumergirá al auditorio en la experiencia, en el realismo y, finalmente, en la confrontación política y social.

Cinco décadas después del estallido de aquella bomba estética y conceptual en Londres –uno de los corazones de la cultura popular global–, comprobamos que músicos y público, escritores y lectores, seguimos alternando, por ciclos o modas, la elección de mantenernos en la flotación de lo tangible que ofrece la Realidad, con esa otra opción, tan absolutamente disfrutable como desconcertante, que es realizar inmersiones en la Ficción, donde tiempo y espacio son materias maleables, no referentes.

MOUNTAIN GRILL RESTAURANT 275
CAFE

The Mountain Grill en 1977

Colección Centellas n.º 8

Primera edición: enero 2024

Título original: *A Dead Singer*

www.aristasmartinez.com

Edición a cargo de Sara Herculano y Cisco Bellabestia

ISBN: 978-84-19550-10-1
Depósito legal: BA-695-2023
Impreso en Kadmos

Javier Calvo (Barcelona, 1973)

Considerado uno de los mejores traductores literarios del inglés, ha traducido obras de autores como David Foster Wallace, J. M. Coetzee, Don DeLillo, Joan Didion, Salman Rushdie, Zadie Smith, Peter Matthiessen y Denis Johnson. Para Aristas Martínez ha traducido recientemente *Tu Nombre,* de Esther Yi, y *La Casa del Diablo,* de John Darnielle.

Entre sus novelas destacan *Mundo maravilloso* (2008), *Corona de flores* (2011), *El jardín colgante* (Premio Biblioteca Breve, 2012) y *Piel de plata* (Seix Barral, 2019), además de los ensayos *El sueño y el mito* (Aristas Martínez, 2014) y *El fantasma en el libro* (Seix Barral, 2016).